Les Aventuriers de l'Étrange

Le mystère du Mandrake's College

Texte de Bertrand Puard.
Illustrations : Franco Égalité.

Conception graphique du roman : Audrey Thierry.

Hachette Livre, 58, rue Jean-Bleuzen, 92178 Vanves Cedex.

Les Aventuriers de l'ÉTRANGE

Le mystère du Mandrake's College

hachette
JEUNESSE

Iris

Iris menait une vie paisible avec son père,
jusqu'à ce qu'il disparaisse mystérieusement !
La collégienne a alors découvert
qu'il nourrissait une passion pour la traque
de phénomènes étranges... auxquels il trouvait
toujours une explication rationnelle !
Bien décidée à marcher dans les pas de son père,
Iris va se révéler une enquêtrice intrépide
et redoutable.

Neil est le meilleur ami d'Iris.
Fan de vampires, de fantômes et de maisons hantées, il est passionné par tout ce qui touche au paranormal... même s'il ne croit pas en l'existence de créatures fantastiques !
Intelligent, curieux et courageux, Neil ne craint jamais de se confronter à un nouveau mystère.

Alcide

C'est le meilleur ami du père d'Iris. Propriétaire du cinéma Le Bistritz, spécialisé dans les films d'épouvante, il a recueilli la jeune fille et l'encourage à reprendre le flambeau de son père !

Le projectionniste du cinéma en est persuadé : les monstres existent réellement ! Et c'est bien la raison pour laquelle il n'hésite jamais à accompagner Neil et Iris dans leurs aventures !

Rigel

Mina

La tante de Neil tient la caisse du Bistritz. Elle ne voit pas d'un très bon œil les enquêtes que son neveu mène avec Iris et préférerait que les deux adolescents consacrent plus de temps à leurs devoirs !

Rose-Marie

La femme d'entretien du Bistritz est aussi une bricoleuse de génie ! Elle est capable de mettre au point toutes sortes de gadgets, pour le plus grand bonheur de Neil et d'Iris.

CHAPITRE 1

Panique au collège

Des événements étranges se déroulaient depuis quelques jours au Mandrake's College, un établissement qui accueillait de jeunes Anglais dans la belle région du Devon, au sud-ouest de l'Angleterre.

Ces événements effrayaient au plus haut point les élèves, mais aussi les professeurs et même tout le personnel du collège.

Cela avait commencé un vendredi après-midi. Aux alentours de seize heures, dans la vaste bibliothèque, alors qu'il ne restait plus que la bibliothécaire – une dame respectable d'une cinquantaine d'années –, des livres s'étaient mis à tomber. Ils avaient avancé, centimètre par centimètre, sur les rayonnages, avant de passer par-dessus le rebord des étagères. Et, bien évidemment, sans que personne ne les pousse... sauf à admettre l'existence de fantômes. Bien vite, les livres ne s'étaient plus contentés de tomber. Non, ils s'étaient mis à bondir ! Ils ne s'écrasaient plus sur le sol comme des fruits trop mûrs, non, ils sautaient en l'air à une vitesse folle, avant de retomber par terre. Et il y en eut des dizaines, de ces chutes étranges, et peut-être même des centaines ! La bibliothécaire n'était plus là pour les compter. Ivre de terreur, la dame, qui croyait aux fantômes, avait pris la fuite en hurlant. Ce ne fut pas le seul incident qui eu lieu ce jour-là. À peu près à la même heure, au moment où se produi-

saient les événements de la bibliothèque, alors que les ténèbres commençaient à encercler le collège, un vacarme d'enfer avait retenti dans les cuisines. À la vue des casseroles, des plats, et des couverts qui s'étaient mis à voltiger dans la pièce pour se fracasser contre le sol ou contre les murs, le cuisinier avait déguerpi sans demander son reste. En raison de son embonpoint, ce dernier avait du mal à courir vite, et il avait tardé à rejoindre la

sortie. Il n'avait donc évité que de peu un couteau très aiguisé. L'instrument avait traversé une manche de sa veste, en ne faisant, heureusement, que frôler son bras. Apparemment, les fantômes s'amusaient bien aussi, dans la cuisine du collège, et lundi matin, il fallut une bonne heure – et même deux – pour tout nettoyer, tout ranger, et remplacer tous les plats cassés ! Horreur !

Le troisième incident, – qui n'était pas le moins inquiétant, loin de là –, s'était déroulé dans les couloirs des chambres individuelles des élèves. Tous étaient occupés à préparer leurs sacs ou leurs valises pour le week-end, quand un premier cri se fit entendre. Il fut suivi par un deuxième hurlement, puis de deux autres. Plusieurs portes claquèrent d'un seul coup. *Vlan ! Vlan !* Mais les cris ne s'arrêtèrent pas pour autant…

Lorsque le surveillant avait débarqué en hurlant que ce raffut n'était pas admissible et qu'il allait distribuer des punitions *illico,* il ne put terminer sa phrase. Il avait vu, lui aussi, le dos velu de la bête. Alors il s'était précipité dans le placard d'entretien, avait fourré ses pieds dans deux seaux, sa tête entre deux balais, et il avait attendu en claquant des dents que la bête quitte l'étage dont il avait la garde. Il n'avait jamais éprouvé une telle frousse de sa vie.

Oui, vraiment, il est possible de l'écrire ici noir sur blanc : il se déroulait des événements vraiment étranges au Mandrake's College.

CHAPITRE 2

Une étrange lettre...

Les vacances, enfin ! Quand la cloche du collège résonna pour la dernière fois à seize heures, Iris et Neil sautèrent de joie. Ils avaient à présent deux semaines devant eux, loin de l'ennui de leur classe de cinquième… Deux semaines pour faire ce qu'ils voulaient, à l'heure où ils le voulaient : lire, aller voir des films d'épouvante au cinéma Le Bistritz, flâner dans les rues sombres de Paris et, surtout – ce qu'ils espéraient vraiment – partir à l'aventure !

– Je t'invite pour le goûter, dit Neil. Mina vient de m'envoyer un message : elle a préparé un cake à la vanille pour fêter le début des vacances. Il sort juste du four ! On le dégustera en ouvrant notre courrier de la semaine…

Du courrier, oui ! Car si la première enquête d'Iris et de Neil, à Orléans, était restée confidentielle, ce n'était pas le cas de la seconde. En arrêtant le robot du Professeur Hercule, ce savant fou qui souhaitait détruire la tour Eiffel, les deux aventuriers de l'étrange avaient fait la une de plusieurs journaux. Depuis, ils recevaient une cinquantaine de lettres de fans par jour à leur domicile.

Entre deux déclarations d'amour – pour Iris, ou pour Neil –, leurs admirateurs leur rapportaient toutes sortes de mystères, et chacun espérait qu'Iris et Neil viendraient lui rendre visite pour l'éclaircir.

– Mais, enfin, bon… il y en a marre des histoires « mystérieuses » de disparition de chat ! commenta Neil.

Les deux amis avaient hâte de retourner enquêter, maintenant que les vacances leur en laissaient la liberté. Et ils espéraient bien trouver enfin une nouvelle énigme à résoudre !

Neil ouvrit une lettre sur papier violet, couvert de cœurs roses dessinés à la main et à l'intérieur desquels son prénom était écrit.

– Tiens, dit-il à l'intention d'Iris qui savourait déjà sa seconde part de cake, encore une qui me dit entendre des glougloutements dans sa cave et qui pense à un monstre, à un troll plus précisément…

Il haussa les épaules.

– Il faudrait juste que son père pense à purger le système de la chaudière, oui !

Iris et Mina éclatèrent de rire.

Puis Neil prit une autre enveloppe, au hasard, dans le paquet du jour.

C'était une lettre, et il reconnut immédiatement l'écriture. C'était celle de sa mère, Penelope, qui vivait à Dublin, en Irlande.

Tiens, c'était étrange que sa mère lui envoie une lettre ! Ils s'appelaient plusieurs fois par semaine depuis que Neil était venu étudier à Paris, et Penelope ne lui avait jamais adressé le moindre courrier.

Il l'ouvrit donc et découvrit un article à propos de phénomènes curieux, très curieux même, qui se déroulaient dans un collège en Angleterre. L'article avait été découpé dans un journal irlandais et contenait évidemment beaucoup de moqueries sur l'Angleterre et ses habitants, les deux pays ne s'appréciant guère. La mère de Neil avait juste inscrit au-dessus du titre « *Enjoy !* »[1].

Comme un appel à venir enquêter !

---

1. *Amuse-toi bien !*

CHAPITRE 3

To go or not to go ?

– Montre ! demandèrent Mina et Neil en chœur.

Neil leur tendit l'article et leur traduisit les grandes lignes. Il était question de livres qui volaient dans la bibliothèque, de casseroles et d'ustensiles qui s'animaient dans la cuisine comme par magie, et d'une bête curieuse qui traversait les dortoirs à la nuit tombée…

Les deux aventuriers de l'étrange restèrent un long moment à observer la photo qui illustrait le texte sur trois colonnes.

Elle représentait un immense bâtiment gothique, percé de mille fenêtres. Devant celui-ci, se dressait la statue gigantesque d'un homme vêtu d'une curieuse robe, comme celle d'un sorcier. Songeur, il avait une main posée sous le menton, tandis que de l'autre, il désignait le ciel. Sur le socle de la statue, on pouvait lire son nom : Mr Mandrake.

Alcide, le propriétaire du cinéma Le Bistritz, et Rigel, le projectionniste, entrèrent alors dans l'appartement de Mina, certainement alléchés par le délicieux parfum de vanille qui s'en échappait.

Rigel salua la petite assemblée et engloutit en une bouchée la part de cake que lui tendit Mina.

– Tiens, le Mandrake's College ! dit-il en découvrant l'article.

– Tu connais ce lieu ? interrogèrent Iris et Neil.

Alcide découvrit à son tour l'article. Lui picorait sa part de cake comme un oiseau.

– Le Mandrake's College, répéta Rigel en prenant l'accent anglais. C'est un collège hyper chic pour les jeunes Anglais de la haute société, situé sur la côte du Devon, à Brixham, près de Torquay.

– La ville de naissance d'Agatha Christie, commenta Neil, qui était fan de la romancière. Et comment connais-tu ce lieu ?

– Oh, j'y ai fait un séjour linguistique quand j'avais votre âge ! Deux semaines à faire des « *Ze* » et à manger du roast-beef à la menthe et des huîtres à la crème… Beurk ! J'ai d'ailleurs gardé dans la ville un bon camarade, Terence, qui est le pasteur de Brixham à présent…

Neil commença à traduire l'article à Rigel, afin de le convaincre du fait que c'était la destination idéale pour ce début de vacances. Mais Rigel parlait parfaitement l'anglais – ainsi que le japonais – nul besoin d'interprète ! Et il était parfaitement d'accord avec Neil : il fallait partir là-bas sur-le-champ…

– C'est splendide ! dit-il aussitôt. Nous allons nous y rendre immédiatement pour chasser ces viles créatures !

Iris et Neil étaient tout à leur joie à l'idée de ce voyage et de cette nouvelle enquête. Mais comment entrer à l'intérieur du Mandrake's College ?

– Il faut vous inscrire le plus rapidement possible à un séjour d'apprentissage de l'anglais là-bas ! Ils en organisent sûrement encore de nos jours !

Déjà, Rigel avait pris place devant l'ordinateur de Mina. Il se rendit sur le site du collège. Sur toutes les pages, s'étalait une photo de la grande statue.

– Mandrake, le fondateur du lieu, précisa le projectionniste. Un type un peu fou, mais un mathématicien de génie.

Il fit la moue.

– Par les deux longues canines de Dracula ! pesta-t-il. Quelle poisse ! La prochaine semaine est complète.

– Tu ne peux pas t'arranger avec ton ami pour qu'ils acceptent deux petits Français de plus ? demanda Iris.

Rigel abandonna l'ordinateur et s'empara du téléphone de Mina.

– Voyons, voyons, si je me souviens bien de son numéro… Je ne note jamais rien, vous le savez… Tout dans la tête…

Le projectionniste parvint à joindre Terence, le pasteur. Ils rirent ensemble au téléphone avant que Rigel ne fasse sa demande.

Il y eut un long blanc, puis le projectionniste s'exclama :

– « *Oh ! I see... Thank you anyway, Terence, I owe you !* »

Puis il raccrocha.

– C'est arrangé ! dit-il. Le hic, c'est qu'il n'a pu obtenir qu'une seule place.

Une ombre passa dans le regard de Neil. Pas besoin de tirer à la courte-paille pour savoir qui devait se sacrifier. Lui parlait couramment anglais, évidemment, et sa présence paraîtrait suspecte au milieu des jeunes stagiaires.

Ce fut Mina qui eut le dernier mot :

– Je crois bien que vous allez passer les vacances les plus merveilleuses de votre vie !

Cap sur l'Angleterre !

CHAPITRE 4

Une rentrée pendant les vacances

Le trio ne perdit pas un seul instant. Le samedi, à la première heure, Iris, Neil et Rigel prirent place dans la très vieille voiture du projectionniste pour se rendre à Saint-Malo. Là, ils embarquèrent à bord d'un ferry qui les emmena à Plymouth.

Le dimanche matin, Iris fit son entrée au Mandrake's College. Elle s'installa dans une petite chambre située au premier étage. Les cours débuteraient le lendemain. Neil et Rigel, quant à eux, louèrent deux chambres dans un bed & breakfast de Brixham, tenu par Miss Poppies, une demoiselle aussi célèbre dans le village pour ses longues couettes rousses que pour sa confiture de groseilles.

Et tandis qu'Iris découvrait le collège, qui avait l'air sacrément mieux que son collège de Paris, Neil et Rigel entamèrent une visite du village, allant à la rencontre de Terence, le pasteur, dans sa magnifique église.

Le soir venu, tout ce petit monde était bien fatigué par le voyage, et ils se couchèrent tôt. Leurs enquêtes respectives commenceraient le lendemain.

– Ouvrez votre cahier à la page trois ! hurla Mrs House, la professeur d'anglais. Et prenez bien note de ce que je vais vous dire…

Un garçon en retard, qui arborait un gros bouton rouge sur le bout du nez, s'assit à côté d'Iris. Il lui parut tout à fait antipathique, et cela avant même qu'il n'ouvre la bouche.

– Tu viens d'où, toi ? demanda-t-il.

C'était un Français.

– De Paris, répondit Iris.

L'autre gloussa.

– Ah ouais, c'est pour ça que t'es toute blanche ! Tu manques d'air pur… Fais gaffe, tes poumons doivent être des vrais morceaux de charbon… C'est le cas de tous ceux qui habitent à Paris, selon mon oncle…

Et Marcus, puisque tel était son prénom, conclut sa riche tirade par un clin d'œil. Iris, qui fixait du regard le nez de son voisin, l'air plus attentif que jamais, resta muette.

– Ben quoi, tu n'as rien à me répondre ? s'étonna le garçon.

– J'attends.

– T'attends quoi au juste ?

– Que l'ignoble bouton que tu portes sur ton nez repasse au vert pour que je puisse te doubler une bonne fois pour toutes et ne plus te voir, même dans mes rétros…

– Mademoiselle ! la reprit Mrs House en tapant du poing sur la table.

Iris ne devait pas se faire repérer dès le premier jour. Elle avait l'intention de rester aussi discrète que possible pour mener son enquête au mieux.

– Je vous prie de m'excuser, Madame.

Le professeur reprit ses explications. Marcus, à côté, grommelait encore.

– Tu n'aurais pas dû me dire ça, renifla-t-il. Tu n'aurais pas dû…

Iris se concentra donc sur le recopiage de son emploi du temps, en anglais. En plus des cours de grammaire et de vocabulaire, elle aurait également des cours de civilisation britannique, mais aussi plusieurs séances de cinéma et des rencontres avec un écrivain et un acteur anglais. Un programme complet, presque alléchant, mais elle n'était pas vraiment là pour apprendre la langue de Shakespeare.

À la pause de midi, Iris fit la connaissance d'un autre garçon, un Anglais, qui se prénommait Elwynn et qui, lui aussi, restait dans son coin, par timidité… ou bien pour ne pas se faire remarquer, comme elle.

Le soir de la rentrée, Iris était bien décidée à ne pas dîner toute seule. Puisqu'aucune des filles à qui elle s'était efforcée de parler et de sourire pendant la journée ne lui avait fait signe de venir à sa table, elle se dirigea vers Elwynn. Le garçon se tenait à l'écart, dans la cafétéria dotée de grandes baies vitrées, à travers lesquelles on apercevait un bout du socle de l'immense statue du fondateur de l'établissement.

– Je ne te dérange pas ? demanda la jeune Française. Au fait, je m'appelle Iris.

Elle s'était déjà installée et se servit un grand verre d'eau. Elwynn ne répondit rien. Avec sa petite cuillère, il raclait les derniers morceaux de son demi-avocat.

– Quelle journée ! s'exclama Iris, pour engager la conversation.

Elle crut entendre Elwynn émettre un son. À moins qu'il s'agisse seulement du bruit de la cuillère sur la peau d'avocat.

– Pourquoi prends-tu des cours de soutien pendant les vacances ? poursuivit Iris.

Elle n'allait pas se démonter. Elle roula deux radis dans un peu de sel, les saupoudra de poivre et les croqua l'un après l'autre.

Elwynn releva enfin la tête.

– Devine ? Parce que je n'ai pas eu de bonnes notes jusque-là. Et mes parents ne me lâchent pas avec ça…

Elwynn attaquait à présent une moussaka qui ressemblait plus à une crêpe qu'à un gratin. Iris l'observa à nouveau. Il avait une drôle de manière de manger, impressionnante, méticuleuse, très organisée. Il tenait sa fourchette de la main droite et sa cuillère de la main gauche. L'instrument numéro un servait à saisir les morceaux d'aubergine, le second à soulever la viande en sauce.

Ce gars-là avait l'esprit scientifique, pas de doute.

– C'est quoi ta science préférée ? demanda Iris en attaquant à son tour sa moussaka.

– Aucune.

– Il y en a bien une que tu places au-dessus des autres ?

Elwynn releva la tête à nouveau. Ses lèvres se plissèrent. Souriait-il ?

– Oui, l'astronomie. C'est d'ailleurs ma seule passion. J'aimerais pouvoir m'envoler un jour de la Terre. Et rester dans l'espace, pour toujours. Pour ne plus jamais voir personne.

– Tu es la joie de vivre personnifiée ! commenta Iris.

– Et toi, tu es là parce que tu veux apprendre l'anglais ? l'interrogea le garçon. Pourtant, tu le parles plutôt pas mal…

– Je suis aussi là pour une autre raison…

C'était le moment pour Iris de poser les questions qui l'intéressaient.

– Tu as entendu parler des phénomènes étranges qui se déroulent dans le collège, non ? Les incidents à la bibliothèque, dans la cuisine, dans les couloirs des chambres ? Ça ne te dit rien ?

– Non.

– Rien du tout ?

– Non.

Cela avait au moins le mérite d'être clair. Iris serra les poings. Elle n'allait pas rester avec ce rustre s'il persévérait dans cette attitude.

– Bon, bah, je ne vais pas te déranger plus longtemps. Tu préfères peut-être dîner seul ?

– Tu me déranges moins que les autres…

Iris jeta ses couverts sur le plateau, son verre se renversa, et la table fut inondée. Un groupe de garçons, à la table d'à-côté, commença à pousser des hurlements, pour se moquer d'elle. La jeune Française empoigna son plateau et se leva aussitôt.

– Savoure bien ta crème, et à la revoyure !

– C'est pas une crème, mais une île flottante, corrigea Elwynn.

Iris balaya des yeux son plateau et ne vit absolument rien émerger de cette soupe jaune et sucrée.

– Y a eu un tsunami dans ta coupelle, alors… *Bye !*

Les hurlements des élèves s'étaient tus sous les injonctions de Basile, le surveillant de la cafétéria. Ce jeune homme très mince d'une vingtaine d'années, que certains surnommaient déjà « la paille » était doté d'un long cou flexible qui lui permettait presque d'observer plusieurs tables en même temps.

Iris ne termina même pas son dîner et monta aussitôt dans sa chambre. Elle était un peu déprimée par sa première journée. Est-ce que Neil ne lui manquait pas un peu ?

CHAPITRE 5

Nuit de cauchemar

Il était aux alentours des deux heures du matin – deux heures, trois minutes et vingt-sept secondes, très précisément –, lorsqu'un premier cri déchira le silence de la nuit.

Iris se réveilla en sursaut, la main sur le cœur. Elle se demanda un instant si le cri avait eu lieu dans son cauchemar ou bien réellement dans l'une des chambres du Mandrake's College. Elle tâtonna sur sa table de nuit pour allumer sa lampe de chevet qui dessina un halo flou sur le plafond de sa chambre.

Elle n'était pas encore habituée à l'espace, et elle se cogna le petit doigt de pied contre une commode en voulant sortir de sa chambre.

Devant la porte, elle trouva un élève presque deux fois plus grand qu'elle. Il venait du dortoir des garçons.

– Tu as entendu ? souffla-t-il.

– Oui. C'était quoi ?

– Je n'en sais rien… balbutia-t-il. C'était tout près…

Iris constata qu'on s'agitait au fond du long couloir qui distribuait les chambres, devant la porte de l'une d'elles. Elle aperçut Basile, mais aussi plusieurs autres adultes, trois pour être précis, dont une femme minuscule qui faisait de grands gestes.

– C'est la directrice, Mrs Aysgarth, précisa une voix à sa droite.

À présent, une vingtaine d'élèves se trouvaient dans le couloir, en attente d'une explication. Iris regarda autour d'elle, mais ne trouva pas Elwynn. D'ailleurs, pourquoi l'avait-elle cherché, au fond ?

Basile se dirigea vers les élèves, une lampe de poche à la main. Les grands néons du couloir n'avaient pas été allumés.

– Rentrez dans vos chambres ! criait Basile en contenant sa voix. Il ne s'est rien passé ! Allez, ouste ! Au lit ! Au lit !

Iris regagna la porte de sa chambre à reculons, pour ne pas perdre une miette du spectacle qui était en train de se jouer à l'autre bout du couloir. Deux autres adultes venaient d'entrer dans la chambre, deux adultes vêtus de longues blouses blanches.

Elle ne vit rien de plus. Basile, à présent, saisissait les récalcitrants par le bras, pour les renvoyer dans leurs quartiers. Iris se recoucha donc et mit une bonne demi-heure à se rendormir.

Le terrible cri qu'elle avait entendu un peu plus tôt dans la nuit continuait de résonner dans ses oreilles.

Il n'y eut pas de second cri.

Il fallut attendre la nuit suivante pour cela.

CHAPITRE 6

Réunion d'urgence

La matinée du lendemain était entièrement consacrée à la littérature anglaise. Il fut question de Dracula, le célèbre vampire, ce qui n'était pas pour déplaire à Iris, bien au contraire.

À la récréation de 10 heures, la cour bruissait de rumeurs à propos du cri entendu la veille. Les externes pressaient les internes de tout leur raconter par le menu, en n'omettant aucun détail. Iris, qui s'était retirée dans un coin de la cour, sous le préau puisqu'il pleuvait, perçut à plusieurs moments de bien pâles imitations du hurlement qui l'avait tiré de son cauchemar.

– Salut…

La jeune Française leva la tête. C'était Elwynn. Iris fit mine de ne pas le voir.

– Toi aussi, tu as entendu quelqu'un crier, cette nuit ?

Iris hésita à répondre. Puis elle se décida enfin, les dents serrées, sans toutefois lever la tête.

– Ouais…

– Tu crois que c'était quoi ? demanda Elwynn.

– Sais pas. Un élève qui a fait un cauchemar.

– J'ai appris que la principale, Mrs Aysgarth, était sur place… Tu crois qu'elle se serait dérangée pour un simple cauchemar ?

– Tiens, tes cordes vocales m'ont l'air en forme ce matin ! En tout cas, plus qu'hier soir à la cafétéria… Tu les as aiguisées pendant la nuit ?

Pour la première fois, Elwynn sourit à Iris.

– Tu n'es pas sorti de ta chambre hier, continua la jeune fille. Je ne t'ai pas vu dans le couloir.

Elwynn secoua la tête.

– Bah non. Trop fatigué. Je me suis rendormi aussi sec.

Il s'assit par terre, contre un pilier du préau, juste à côté de la jeune fille.

– Ça s'est passé pas loin de moi, chambre n° 7 à ce qui paraît. C'est la chambre de Marcus. D'ailleurs, j'ai entendu dire qu'il n'était pas en cours de littérature ce matin. C'est un Français, comme toi…

– Tu en sais des choses, dis donc ! le coupa Iris.

Elle ajouta :

– Je connais Marcus. J'ai discuté avec lui hier matin.

– Personne ne l'a vu ce matin, reprit Elwynn. C'est pour ça que la majorité des élèves font la tête. Avec les incidents de la bibliothèque et de la cuisine, ça fait beaucoup… Les internes ont demandé à être reçus par Mrs Aysgarth, mais ils pensent qu'elle va refuser. Il y a vraiment quelque chose de pas clair, en tout cas… Moi, ce collège, je…

– Tu m'as menti, hier, alors ! s'insurgea Iris. Tu étais au courant pour les trucs bizarres qui se passent ici !

Mais une voix interrompit la jeune fille. C'était Basile qui arpentait la cour, un mégaphone à la main. Les conversations se turent aussitôt.

– À midi tapant, rendez-vous à la cafétéria ! Tous ! Même les externes ! Madame la principale aura une communication de la plus haute importance à vous faire…

Il passa deux fois devant Iris et Elwynn, qui se bouchèrent les oreilles, tant le volume du mégaphone leur vrillait les tympans.

– Tu vois, dit Iris, une fois que le surveillant eut éteint son engin de malheur, on va sûrement bientôt avoir la solution de l'énigme…

Mais sur ce sujet, la jeune fille se trompait lourdement.

Les tables de la cafétéria avaient été poussées contre les murs et les baies vitrées afin de dresser au milieu de la salle un parterre de trois cents sièges à l'intention des élèves du Mandrake's College.

Iris, qui arriva parmi les premiers, se plaça au deuxième rang. Elwynn se trouvait quelques sièges plus loin sur sa droite.

Enfin, Mrs Aysgarth fit son entrée.

C'était la première fois qu'Iris voyait Mrs Aysgarth d'aussi près. La jeune fille nota que la principale avait le visage particulièrement marqué par le trac, la fatigue et l'angoisse.

Basile, le surveillant, se tenait un peu en retrait sur la gauche de l'estrade. Il était accompagné d'un homme costaud qu'Iris voyait pour la première fois. Mr Golgoth, le conseiller principal d'éducation, se tenait à la droite de Mrs Aysgarth, le visage lui aussi particulièrement soucieux.

– Mes chers élèves, commença la principale, d'une voix tremblotante qu'elle parvint vite à maîtriser. J'ai choisi de vous réunir ce midi afin de couper court à toutes les rumeurs qui circulent à propos de votre camarade, Marcus. Ce dernier a été victime d'un malaise cette nuit.

Le silence dans la cafétéria était total. On aurait pu entendre le frôlement du drap d'un fantôme sur le carrelage. Iris vit que son voisin de droite, le grand gaillard qu'elle avait croisé dans la nuit devant sa chambre, tremblait de tous ses membres.

– Rassurez-vous, il va mieux, reprit la principale. Sa vie n'est pas et n'a jamais été en danger. Nous l'avons conduit dans un hôpital, où il pourra recevoir tous les soins nécessaires, et ses parents seront bientôt à son chevet.

Mrs Aysgarth fit un pas en arrière, et Mr Golgoth prit la parole.

– Marcus a été victime d'une défaillance cardiaque. Il a ressenti une vive douleur au thorax, ce qui lui a fait pousser le cri déchirant que certains d'entre vous ont pu entendre la nuit dernière... Je conçois que cet épisode puisse être quelque peu traumatisant. Mais rassurez-vous, Marcus va bien. Tout va pour le mieux dans notre splendide établissement ! Pour vous rassurer et veiller sur vous, Basile est là. N'hésitez pas à faire appel à lui si vous rencontrez le moindre souci médical, ou autre.

Le silence régnait toujours dans la cafétéria, de plus en plus pesant.

Mrs Aysgarth reprit sa place derrière le pupitre en s'efforçant de sourire.

– Ce malheureux incident étant désormais derrière nous, je tenais à vous dire à quel point je suis heureuse de vous accueillir en ces murs, et combien je suis fière d'assurer la direction du Mandrake's College, établissement d'exception...

Iris n'écoutait plus. En plus de trembler, son voisin claquait des dents à présent, un vrai concert de percussionniste.

– Je ne dormirai pas une nuit de plus ici… Ce soir, je m'en vais… murmura-t-il.

Iris en profita pour entamer la conversation. Elle n'avait rien à y perdre.

– Tu as vu quelque chose, cette nuit ? chuchota-t-elle.

– Ils ont dressé comme un périmètre de sécurité, mais je l'ai vu quand ils l'ont transporté… Marcus était… Il était…

Il bafouillait à présent, ses dents claquaient de plus en plus.

– Mort ? tenta Iris, qui se sentait à son tour comme prise dans un étau.

– Non, je ne crois pas… Il l'avait entièrement recouvert d'un drap blanc, et on voyait le tissu se soulever à la hauteur du thorax. Mais un prof a tiré le drap… Et j'ai pu entrapercevoir le visage de Marcus.

D'un regard, Iris l'encouragea à poursuivre son récit.

– Son teint était blanc, comme pétrifié… Et surtout… Surtout…

Iris se rapprocha de son voisin pour entendre ce qu'il murmurait.

– Et surtout le visage de Marcus était affreusement déformé. Ses yeux, écarquillés à l'extrême, sa bouche, grande ouverte, et ses narines, béantes… Ce gars-là a dû avoir la frousse de sa vie…

CHAPITRE 7

Une bien curieuse tache

– Savez-vous vraiment ce qu'est la frousse, jeune homme ?

L'interne sursauta, et Iris poussa un cri. Mr Golgoth avait penché son visage abominablement ridé vers eux. Personne ne l'avait vu venir. La réunion venait de prendre fin, et les élèves se dirigeaient tous vers la sortie de la cafétéria. L'expression du conseiller d'éducation avait réellement quelque chose d'épouvantable. Une pensée folle traversa l'esprit d'Iris : ce n'était qu'un masque, un masque d'horreur, qui devait recouvrir un visage encore plus laid.

– Vous ! s'écria-t-il en désignant l'interne. Thomas, n'est-ce pas ? Suivez-moi, Madame la principale et moi avons quelques petites choses à vous dire…

L'élève n'eut d'autres choix que d'obtempérer. Le corps secoué de tremblements, il sortit de la cafétéria, encadré par deux surveillants.

Une fois que la cafétéria eut retrouvé sa fonction première, Iris déjeuna en cinq minutes à peine, puis partit à la recherche de Thomas.

Elle ne le trouva nulle part. Elle arpenta la cour, fouilla le préau, frappa à la porte de sa chambre, rôda devant l'aile du collège où se trouvaient les bureaux de la direction… en vain. Il ne réapparut pas de la journée.

En fin d'après-midi, Iris, décida de consacrer son temps libre à ce qu'elle surnommait déjà « Le mystère Marcus » ou, de façon plus romanesque, « Le mystère du Mandrake's College ». Elle aurait aimé pouvoir en discuter avec Neil et Rigel, mais c'était impossible avant le lendemain.

Iris était soucieuse, et une foule d'hypothèses se bousculaient dans sa tête. Elle s'apprêtait à regagner sa chambre pour prendre une douche lorsqu'Elwynn vint la trouver. La jeune fille l'informa qu'elle n'avait pas de temps à lui accorder.

– Je voulais juste te dire quelque chose qui aurait pu t'intéresser, mais…

– La paix ! le coupa-t-elle en claquant la porte de sa chambre quasiment sur les doigts du garçon.

Iris devait se débarrasser d'Elwynn pour commencer ses recherches. Elle n'était pas naïve au point de croire les explications de la principale à propos d'un simple malaise cardiaque et entendait bien découvrir la vérité.

La jeune fille commença donc par se rendre près de la chambre n° 7, celle de Marcus. Elle s'attendait à trouver la porte fermée, mais celle-ci était entrouverte, et une sorte de refrain plutôt agréable s'échappait de la pièce. La scène jurait parfaitement avec l'atmosphère de la nuit passée. Après s'être assurée qu'aucun des surveillants n'effectuait de ronde dans le couloir, elle se faufila comme une ombre à l'intérieur de la pièce.

– Non, non, non ! Faut pas rester là, mademoiselle !

Iris était nez à nez avec une dame de service, qui, armée d'un balai, d'une serpillière et d'un seau, lavait à grandes eaux la chambre de Marcus. Elle portait une blouse bleue ornée d'un écusson représentant la statue de Mr Mandrake et un badge avec son prénom inscrit en lettre verte : « Clarissa ».

– Clarissa, je suis désolée, commença Iris, mais je dois absolument récupérer un bouquin que Marcus m'avait emprunté…

Son interlocutrice secoua la tête.

– Non, non, refusa-t-elle tout net. On m'a bien dit de ne laisser entrer personne. Personne !

Iris avisa une pile de bandes dessinées sur la table de nuit de la jeune victime.

– S'il vous plaît ! implora Iris. C'est la première sur la pile, là…

Elle se concentra, plissa les yeux pour lire le titre de loin.

– Oui, celle-là… *Toxicité Maximale.*

La dame de service lui tendit l'album cartonné.

– Maintenant, pars ! Pars ! Je n'ai pas encore fini…

Elle essora la serpillère et recommença à frotter le sol.

– Il y a une tache qui vous résiste ? demanda Iris, faussement ingénue.

– Oui, je ne sais pas ce que c'est. Je n'ai jamais vu ça… Un liquide vert

et brillant, qui a attaqué le carrelage… Ça fait une demi-heure que je frotte, et rien à faire ! J'ai intérêt à ce qu'elle disparaisse, Mrs Aysgarth m'a bien dit de tout nettoyer et qu'elle viendrait faire l'inspection en personne…

Iris se pencha pour tenter de distinguer la tache, sans succès. Déjà, Clarissa s'acharnait avec énergie sur la serpillère…

Iris la remercia encore, puis regagna sa chambre et ferma le verrou. À cet instant, elle se dit que c'était bien dommage que les tablettes et les téléphones soient interdits dans ce très strict collège. Elle aurait aimé parler avec Neil des derniers événements.

Iris décida d'accorder une petite pause à ses neurones, et elle ouvrit la BD qu'elle venait de prendre dans la chambre de Marcus. Le garçon était en train de la lire, puisqu'il avait glissé un marque-page entre les planches treize et quatorze de l'album. C'était en réalité un billet d'entrée poinçonné pour le train fantôme Manticore express, une des plus célèbres attractions de *Hell on Earth*, la fête foraine qui avait élu domicile dans le village de Brixham pour tout le mois d'octobre. Elle sourit en s'imaginant prendre place dans l'un des wagons de l'attraction. Elle irait peut-être demain, avec Neil et Rigel. Si cela pouvait faire avancer l'enquête…

Épuisée par ses recherches, Iris se mit au lit sans dîner. Malheureusement pour elle, elle ne dormit que quelques heures.

Un hurlement, encore.

Le lendemain matin, Elwynn avait disparu…

CHAPITRE 8

Les retrouvailles

Le trio était enfin réuni de nouveau !

Ce mercredi matin, à la fin des cours, Iris avait couru jusqu'aux portes de l'établissement pour y retrouver Neil et Rigel qui l'attendaient avec impatience.

– On s'ennuyait sans toi ! lui dit Neil en la serrant dans ses bras.

– J'ai un tas de trucs à vous raconter, souffla la jeune fille.

– Tu as pu visiter les lieux hantés ? demanda le projectionniste du Bistritz, en l'embrassant à son tour. Parler avec les fantômes ?

– Non, pas encore, répondit Iris en adressant un clin d'œil à Neil. C'est compliqué d'adresser la parole aux autres ici. La discipline est très stricte, même pour les créatures d'outre-tombe. En revanche, deux collégiens ont disparu… En plus de ce qui s'est passé dans la bibliothèque et la cuisine, ça commence à faire beaucoup. De nombreux élèves ont peur et ont demandé à leurs parents de venir les chercher… Et vous alors, vous avez réussi à trouver quelques indices dans le village ?

Rigel coupa Neil qui voulait commencer à parler.

– Patience, ma fillette, patience ! Nous te raconterons ça à la table de Miss Poppies, notre logeuse… Il est midi, et mon estomac gargouille, comme dirait la cathédrale Notre-Dame !

Sur ces paroles, ils prirent la direction du village.

– Je croyais que tu n'aimais pas la cuisine anglaise… fit remarquer Iris.

– C'est exact ! Je la déteste autant que je déteste les films qui racontent des histoires d'amour ! Mais il se trouve, et ne me demande pas pourquoi, que Miss Poppies maîtrise à la perfection la cuisine japonaise, ma préférée… Alors…

Les trois amis s'installèrent autour de la table dans le cottage de Miss Poppies.

– Ce midi, je vous propose des tempuras, indiqua leur hôte.

– Ah ! Des beignets ! saliva Rigel. Magnifiques, oui, oui, aux crevettes, aux légumes, avec un bol de riz gluant ! Miam, miam !

Miss Poppies rougit de plaisir en entendant le projectionniste se réjouir de son plat, avant même de l'avoir goûté.

Les tempuras se révélèrent à la hauteur des attentes de Rigel. Il mangea avec tant d'entrain que ce fut Neil qui raconta à Iris leurs deux journées à Brixham.

– Nous avons sillonné tout le village, nous nous sommes arrêtés dans toutes les boutiques pour poser quelques questions, l'air de rien…

Et alors ?

– La plupart des gens sont bien contents de ce qui arrive dans le collège. Ils n'ont pas l'air de tenir l'établissement en haute estime. À ce qu'ils nous ont dit, la directrice et les surveillants sont de vraies peaux de vache !

– Comme à mon époque ! tonna Rigel en se léchant les doigts.

C'était au tour d'Iris maintenant de raconter à ses amis la disparition de

Marcus, puis celle d'Elwynn. Elle leur rapporta le témoignage de l'élève qui avait vu le visage de Marcus, figé par la peur atroce qu'il avait eue.

– Nous avons encore du travail ! s'exclama Rigel.

Il remercia Miss Poppies, toujours aussi heureuse, puis il demanda aux aventuriers de l'étrange de le suivre. Ils étaient invités pour le café chez le révérend Terence, l'ami d'enfance de Rigel. C'était la première fois qu'Iris visitait Brixham. Elle découvrit un endroit étonnant, une vraie carte postale du village anglais comme on se le représenterait : de petites maisons basses aux toits de chaume, des boutiques aux devantures multicolores, quelques pubs où la bière devait couler à flots… Dans la rue principale, tous les habitants se saluaient avec entrain, en soulevant leur chapeau d'une main et en tenant un parapluie dans l'autre.

Cette rue principale était dominée par la grande silhouette de l'église de Brixham, un magnifique édifice de brique qui ressemblait d'ailleurs plus à un donjon qu'à une église.

Ils trouvèrent le révérend Terence dans la nef, occupé à compter les livres de chants empilés dans plusieurs présentoirs.

– Alors, mon bon ami, comment te portes-tu aujourd'hui ? l'interpella Rigel dans un anglais parfait, sans aucune trace d'accent.

Il lui envoya une bonne claque dans le dos.

– Mais très bien ! répondit le révérend. Je m'assure juste que nous aurons le bon nombre de livres pour nos fidèles. Ah, mais revoilà Neil et…

Il se pencha tellement sur Iris que la jeune fille sentit les moustaches du révérend lui chatouiller le front.

– Voici Iris si je ne me trompe pas ! Je suis ravi de faire ta connaissance. Mais venez, venez au presbytère ! Gertrud va nous servir le café…

La petite bande quitta le lieu saint par une petite porte située sur la gauche, non loin d'une autre porte fermée, sur laquelle était inscrit très sobrement :

« *Crypt* »

Le révérend aussi avait sa crypte secrète, comme Iris et Neil !

Les deux collégiens déclinèrent le café, ce qui fit que Rigel put en boire quatre tasses. Ils discutèrent de la pluie et du beau temps. Le révérend s'extasia sur l'excellent niveau d'anglais d'Iris, dont ce n'était pas la langue maternelle. « Des surdoués ! » répéta plusieurs fois Rigel qui en profita pour raconter comment Iris et Neil avaient levé le voile sur le mystérieux frelon de sable d'Orléans et mis hors d'état de nuire le robot Hydrax à Paris.

Rigel avala une cinquième tasse de café, puis les amis prirent congé de Terence, qui se montra ravi d'avoir fait la connaissance d'Iris. Ils se serrèrent tous la main devant la porte d'entrée.

CHAPITRE 9

Une fête foraine pas comme les autres

La nuit était déjà en train de tomber, et Iris devrait bientôt regagner le Mandrake's College. Mais avant, la jeune fille avait bien l'intention de faire un tour à la fête foraine *Hell on Earth*, où Marcus s'était rendu au cours des quelques jours qui avaient précédé sa disparition. Neil fut de l'aventure, mais Rigel déclina. Miss Poppies avait préparé des sushis et des makis pour le dîner, et il ne pouvait pas prendre le risque de manquer ça !

Les deux aventuriers quittèrent le village, en direction d'une vaste étendue de pelouse, près des falaises, où s'était établie la fête foraine. Ils s'engouffrèrent dans une allée bordée de gigantesques saules pleureurs gris. Et contrairement à ce que laissait entendre leur nom, leurs branches tressautaient dans le vent, comme s'ils étaient en train de rire. Neil et Iris avançaient d'un bon pas : dans la lueur de la lune qui se levait, l'ombre des saules projetait sur eux des formes inquiétantes : de grandes têtes à la forme allongée, aux nez atrocement crochus, et des pattes dotées d'interminables griffes…

Lorsque la lune passa derrière un nuage noir, les ombres disparurent.

Au croisement suivant, Iris et Neil distinguèrent à quelques centaines de mètres les premières lumières de la fête *Hell on Earth* – littéralement L'enfer sur Terre. En levant la tête, Iris vit la pointe d'une attraction, une tour gigantesque à laquelle était attachée une nacelle supposée descendre en chute libre. Au fur et à mesure qu'ils approchaient, les aventuriers entendaient les premières clameurs. Enfin, ils atteignirent l'entrée surmontée d'un néon cramoisi fluorescent, annonçant que ceux qui s'apprêtaient à entrer en ce lieu abandonnaient dès lors tout espoir.

Ils entrèrent donc.

Ce n'était pas la foule des grandes soirées d'été. Ils croisèrent une demi-douzaine de visiteurs qui remontaient l'allée centrale emplie de parfums de caramels, de maïs grillé et de beignets. Une petite musique légère, que jouait un orgue de foire, ajoutait encore au charme espiègle de l'endroit. « Si c'est vraiment à ça que ressemble l'enfer, alors je suis très déçue », pensa Iris.

La jeune fille souhaitait inspecter le train fantôme qu'avait emprunté Marcus. Mais le parc était immense, et il lui était impossible de le distinguer entre les montagnes russes et les autres manèges à grande vitesse. Elle se décida à demander son chemin à une foraine qui faisait sauter des crêpes à plus de deux mètres de hauteur. La marchande semblait tout à fait ordinaire vu de loin. Mais, en s'approchant, Iris vit qu'elle tenait la poêle non pas avec sa main, mais avec un crochet, qui terminait son bras droit.

– Excusez-moi, madame, dit Iris, après s'être éclairci la voix. Je cherche le Manticore express. C'est un train fan…

La foraine se mit à ricaner.

– Comme ça, tu veux aller faire un tour dans le Manticore express ?

Iris approuva.

– Tu ne manques pas de courage, ni d'audace, jeune fille ! Tiens !

Elle lui tendit la crêpe qui venait de retomber dans sa poêle et qu'elle avait arrosée d'une sauce au chocolat fondante.

– Offerte par Mrs Skeleton, avec les compliments de la maison ! Mieux vaut ne pas avoir le ventre vide avant de prendre place à bord. Tu trouveras le Manticore dans le fond du parc, sur la droite. Continue sur l'allée centrale, tourne à gauche devant le Palais des supplices et remonte toute la piste de L'Autoroute des damnés, tu verras, ce sont des 4x4-tamponneurs.

Iris remercia vivement Mrs Skeleton et, tout en continuant son chemin, elle mordit dans sa crêpe avec gourmandise avant de tendre l'autre moitié à Neil.

Après qu'ils eurent quitté l'allée centrale, la visite d'Iris et de Neil prit une tout autre dimension. Des cris étourdissants provenaient de machines infernales qui secouaient les visiteurs dans tous les sens. Les deux aventuriers découvrirent même un engin étonnant : une sorte d'anneau argenté décoré de mille ampoules électriques, où avaient pris place une dizaine de personnes, descendait le long d'une poutre métallique en tournant à une allure folle pour entrer dans un puits creusé dans la terre, depuis lequel soufflait une tornade qui accentuait le tournis des passagers ! Le nom de cette petite merveille : L'alliance de Lucifer. Tout un programme !

L'enfer sur terre n'était décidément pas une fête foraine destinée aux enfants... Sur leur route, Iris et Neil ne virent aucun manège de chevaux de bois et ne rencontrèrent ni stand de pêche aux canards, ni vendeur de jolis ballons en forme de cœurs ou de nounours.

Iris et Neil passèrent devant un cirque – sans doute la seule attraction accessible aux plus jeunes. Devant le chapiteau, un lion en cage rugissait en attendant son dîner. Quatre nains vêtus de vêtements noirs sur lesquels était dessiné un squelette arrivèrent en portant un gros gigot qu'ils balancèrent dans la cage du fauve.

Celui-ci se jeta aussitôt dessus, tandis que les nains hilares, repartaient en courant vers l'intérieur du chapiteau.

Quelques pas plus loin, Iris et Neil découvrirent enfin le Manticore express.

La façade du train fantôme représentait cette créature à la tête d'homme, au corps de lion et à la queue de scorpion.

On accédait depuis une plateforme extérieure aux petits wagons montés sur deux rails. Puis les rails pénétraient par la bouche fumante de la manticore, pour ressortir par une énorme plaie purulente qui avait été dessinée sur le flanc de la créature.

Voici donc l'endroit qu'avait fréquenté Marcus, et peut-être aussi Elwynn avant de se retrouver pétrifié par une vision de cauchemar… Iris comptait bien monter à bord d'un wagonnet. Avec Neil à ses côtés.

L'attraction mugit lorsqu'un couple de jeunes adultes passa devant, bras

dessus, bras dessous. La jeune femme sursauta, et cela fit rire son compagnon. Les yeux jaunes de la manticore se mirent à clignoter. L'intensité du rugissement s'accentua, et la fumée qui sortait des narines de la créature se fit plus dense, plus opaque.

– Tu veux y faire un tour, ma belle ? demanda l'homme à sa compagne.

Celle-ci tapa dans ses mains. Apparemment, ça la tentait, et ils prirent le chemin de la plateforme d'embarquement.

Iris se dit qu'il était temps pour elle et Neil d'embarquer également. Vite ! Elle entraîna Neil avec elle.

CHAPITRE 10

Le Manticore express

Les aventuriers achetèrent deux tickets à un homme à la mine joviale, qui se tenait dans une petite guérite à l'entrée du quai. Puis ils prirent place dans le premier wagon, celui qui s'apprêtait à partir. Au moment de s'asseoir, Neil reçut une bouffée de fumée en pleine figure, et cela le fit tousser.

Ils eurent le temps d'apercevoir les deux amoureux qui sortaient, eux, du flanc de la bête. Le type était hilare, il pleurait même de rire, tandis que sa compagne semblait accuser le coup.

– En avant ! s'exclama Neil.

– N'oubliez pas de rester bien assis ! cria le forain, sans se départir de son sourire. Et, surtout, ne nourrissez pas les monstres du Manticore express ! En voiture !

Le wagon s'élança après un cahot. Leur voyage commençait enfin.

Iris resta perplexe durant tout le trajet.

Perplexe car elle savait avant d'entrer qu'elle n'était pas vraiment le genre de fille à hurler dans un train fantôme. Elle n'allait pas se laisser duper par des épouvantails grossiers, des mannequins fabriqués avec des sacs de riz, ou bien encore des forains affublés d'un masque en latex grossièrement peinturluré.

Elle n'avait pas hurlé, ça, non, et Neil non plus.

Mais elle avait eu… peur ! L'attraction lui avait vraiment fichu la frousse. Pas la première partie, cette forêt remplie de toiles d'araignée qui pendaient jusqu'au sommet de leurs crânes, tout juste bonne à effrayer les enfants. Mais le second tableau l'avait franchement mise mal à l'aise. Leur wagon s'était faufilé entre plusieurs cages où se tenaient, quelques créatures étranges – certaines rugissantes, d'autres larmoyantes –, qui semblaient bien… réelles ! Neil avait eu beau murmurer que les Japonais fabriquaient à présent des robots plus vrais que nature, Iris avait saisi comme une gêne dans son intonation. Il avait pris le ton de celui qui veut se convaincre lui-même de ce qu'il dit ! Et puis, surtout, il y avait eu cette manticore. Celle qui était dessinée sur la façade de l'attraction. Elle avait planté ses yeux jaunes, ses yeux de monstre, perdus au centre d'un visage d'homme, dans le regard des deux passagers, avant d'ouvrir la bouche et de pousser un rugissement qui n'avait, là non plus, rien d'humain. Enfermée dans une cage étroite, la large manticore s'était jetée sur le grillage, comme si elle cherchait à s'échapper, et puis elle avait lancé sa queue vers Iris et Neil, et ce lourd déplacement d'air s'était accompagné d'un sifflement strident. C'est à cet instant, d'ailleurs, qu'Iris avait éprouvé la plus vive angoisse. La jeune fille avait même eu un mouvement de recul et elle était venue se lover contre son camarade, pas plus rassuré qu'elle, pour le coup.

Si cette manticore était un robot, alors il était particulièrement réussi.

Troublant…

Mais ce n'était pas tout. Peu après, dans le troisième univers, qui représentait les couloirs étroits d'une mine abandonnée, il y avait eu cette licorne à la robe rouge, emprisonnée dans une cage, elle aussi. Elle frappait le sol avec ses gros sabots à en faire vibrer les rails et, la corne pointée vers Iris et Neil, comme prête à charger, elle hennissait à la mort – un cri à vous glacer le sang.

Lorsqu'ils quittèrent le wagon, Iris remarqua que Neil ne marchait pas vraiment droit. Il chancelait un peu.

– Toi aussi… dit-elle.

Ils s'étaient accoudés contre une roulotte.

– Toi aussi, tu es troublé, hein ?

Neil approuva sobrement, d'un simple hochement de tête.

– Je serais d'avis de rester ici un peu plus longtemps, en nous planquant, reprit Iris. Juste pour assister à la fermeture de l'attraction. De toute façon, j'ai déjà dépassé l'heure limite pour rentrer au Mandrake's College, alors quitte à me faire punir, autant pousser le bouchon encore un peu plus loin…

Ils se dissimulèrent donc derrière un buisson, à un carrefour d'ombres diverses, et attendirent, les yeux rivés sur le Manticore express.

Une demi-heure seulement après leur passage, l'attraction ferma. Il faut dire que la fête foraine était déserte, en ce soir de semaine, et plus encore dans ce coin situé un peu à l'écart des autres attractions.

Après avoir éteint les lumières du Manticore express, l'homme sortit de sa guérite, son sourire toujours imprimé sur le visage. Il eut ensuite une attitude curieuse, des gestes en tous sens, en regardant devant lui. On eut dit qu'il appelait quelqu'un.

Et, en effet, Neil et Iris entendirent le ronflement d'un moteur s'approcher d'eux, et un énorme camion fit son entrée dans la clairière. L'homme aida le conducteur à manœuvrer pour que le véhicule se colle à l'arrière de la structure du Manticore express.

– Ils vont faire sortir les bêtes pour les conduire à l'étable, plaisanta Neil.

Ils virent le hayon s'abaisser mais, de là où ils se trouvaient, les deux adolescents ne pouvaient pas observer le chargement du camion. Et il leur était impossible de se déplacer, même légèrement, sans risquer de se faire repérer.

– On est complètement fou d'être ici, souffla Iris.

– Fou est celui qui ne cherche pas à savoir.

– C'est de Confucius ? questionna la collégienne.

– Non, c'est de moi, précisa Neil.

Ils ne virent rien, mais entendirent les cris : des gémissements, des jappements, des hennissements, des rugissements. Un vrai concert donné par des bêtes en tous genres !

– Tu… avais… raison, balbutia Iris. Ils les emmènent pour la nuit…

Neil prit une photo avec son téléphone, mais, sans le flash, cela ne donnait pas grand-chose. Le chargement dura à peine trois minutes. Une fois que ce fut fait, l'homme replia le hayon et tapa trois coups brefs sur la carrosserie. Le camion démarra.

– Tu crois qu'ils vont où ? interrogea la jeune fille.

– Ça, il n'y a qu'un moyen de le savoir : il faut les suivre.

Neil s'élança, aussitôt suivi par Iris. Le véhicule venait d'allumer ses phares et partait dans la direction opposée à l'entrée.

– Il y a une sortie par-là ? demanda Iris.

– Sûrement... répondit Neil.

Ils courraient sous les arbres, en regardant leurs pieds pour éviter les racines qui sortaient de terre.

– Vite, vite ! encourageait Neil en haletant.

Ils venaient d'atteindre la sortie. Le camion s'était arrêté devant une barrière qu'un vigile était en train de hisser.

– Mais on va faire comment pour les pister ?

Neil désigna un point plus sombre qu'un autre, sur leur droite, contre la clôture du parc.

– Là, un vélo ! Et sans antivol !

Quelle chance !

La bicyclette, un peu déglinguée, était équipée d'un porte-bagage à l'arrière.

– Monte ! souffla Neil. Dépêche-toi !

Iris ne se fit pas prier. Elle enfourcha le porte-bagage et serra Neil autour de la taille. Le camion était déjà loin, on ne voyait plus que ses feux arrière.

– Ça roule ! lâcha le garçon, qui pédalait très vite.

Ils se lancèrent à la poursuite du camion, qui avançait à petite allure, pour ne pas effrayer son curieux chargement.

CHAPITRE 11

À la vitesse d'une chauve-souris

Le trajet leur parut interminable. Les mollets et les cuisses du jeune garçon le brûlaient atrocement lorsqu'ils entrèrent dans le village de Brixham par une petite rue, pour éviter l'artère principale.

Iris, à l'arrière, souffrait plutôt de l'inconfort du siège, et chaque cahot de la route, chaque dos d'âne, était pour elle un véritable supplice.

– On est complètement fou, lançait-elle à intervalles réguliers, comme un refrain.

Neil, lui, semblait sidéré par la route que prenait le camion.

– Tu te rends compte, quand même, qu'on se dirige vers l'église et le presbytère du révérend Terence, souffla-t-il. Il m'a toujours paru étrange, ce zozo-là…

Arrivé devant l'édifice religieux, le camion ralentit encore, puis tourna à gauche, dans une étroite ruelle bordée d'arbres.

Là, le véhicule s'arrêta enfin et mit ses warnings, tout en laissant son moteur allumé. Enfin, Iris put descendre. Neil l'imita. Le garçon tenait à peine sur ses jambes. Il posa le vélo contre un mur. Le camion était toujours à l'arrêt, ses feux de détresse clignotaient et éclairaient toute la scène par intermittence.

– Qu'est-ce qu'il fait ? demanda Neil. Qu'est-ce qu'il attend ?

La porte d'une entrée souterraine était en train de se soulever un peu plus bas dans la rue.

– Le camion va décharger sa cargaison dans la crypte de l'église, j'en suis certaine ! s'exclama Iris, en attrapant Neil par le bras. C'est dingue !

Mais c'était loin d'être l'événement le plus dingue de la soirée, en réalité.

Car à l'instant précis où Iris lâcha sa manche, Neil senti deux puissantes mains qui attrapaient son autre bras. Sans comprendre ce qui lui arrivait, le garçon disparut comme par magie.

– Neil ! hurla Iris.

Elle fit quelques pas, à droite, à gauche, devant, derrière. Elle se retint de crier.

Neil s'était vraiment volatilisé.

CHAPITRE 12

Ne jamais perdre espoir

Iris pédala, encore et encore, sans s'économiser. Elle se repéra tant bien que mal dans le village et trouva le cottage de Miss Poppies au bout de cinq minutes à peine.

Iris sonna à la porte. Rigel, après avoir jeté un œil par la fenêtre de la cuisine, vint aussitôt lui ouvrir.

Il dormait encore à moitié, et il était vêtu d'une robe de chambre japonaise.

– Iris ! Et où est Neil ?

– Ah, Rigel ! C'est horrible ! s'écria la jeune fille.

Le projectionniste fronça les sourcils.

– Viens ma petite ! s'exclama-t-il, de sa voix aiguë. Tu vas m'expliquer tout ça au chaud…

Il l'entraîna dans la cuisine et la fit asseoir devant la table. Miss Poppies, bouleversée, lui apporta une tasse de thé brûlante.

– Alors, qu'est-ce qui est horrible ? demanda Rigel. Mais parle, voyons !

La collégienne lui raconta tout : leur escapade nocturne à la fête foraine, leur tour à bord du Manticore express, leur course folle à vélo, et puis la disparition de Neil, qui s'était volatilisé comme ça, *pop*, en une seconde, près de l'église du village.

– Une stryge… dit doctement Rigel en levant le doigt. Ce ne peut être qu'une stryge. J'en ai vu, sous formes de statues, sur la façade du Mandrake's College. Une gargouille ne me semblerait pas de taille à porter un adolescent de onze ans…

– Je pensais plutôt à un enlèvement commis par un homme, commenta Iris. Le conducteur du camion… Ou même ton ami Terence…

Rigel était tout à fait réveillé à présent, et il se servit un café.

– Nous verrons, nous verrons qui a raison… répondit-il. Le plus important est de sauver Neil, et vite ! Nous allons retourner à l'église. Tu peux compter sur moi ! Seulement, il faut nous armer. La stryge pourrait ne pas être commode !

Le petit homme à la tête déformée se leva, resserra le cordon de sa robe de chambre et déclama, le menton haut, et dans un anglais parfait :

– « Non !… Stryges dénaturées, je veux tirer de vous deux une telle vengeance que le monde entier… Je veux faire des choses… Ce qu'elles seront, je ne le sais pas encore ; mais elles feront l'épouvante de la terre ». Shakespare. *Le Roi Lear*, acte 2, scène IV.

Miss Poppies applaudit.

Rigel se rassit.

– Ne crains rien, nous ferons face ! J'ai emmené dans mes bagages de quoi ne pas se laisser dominer par les créatures de l'étrange. J'ai suffisamment étudié la question pour ne jamais être pris au dépourvu, tu peux me faire confiance ! Je savais que l'on partait au Mandrake's College, j'y ai étudié, je crois bien d'ailleurs que ce sont des stryges que les deux collégiens terrassés par la peur ont vu… Des statues s'animant subitement… Ça s'est déjà vu…

Rigel alla s'habiller en vitesse et emporta avec lui un sac à dos.

– Allons, en route ! dit-il en tirant Iris par le bras.

Et tandis qu'ils s'enfonçaient tous deux dans la nuit, Miss Poppies, sur le perron de son cottage, agitait son mouchoir pour saluer le départ de son héros.

CHAPITRE 13

Rigel et la stryge

Iris et Rigel arrivèrent devant la curieuse église de Brixham un peu avant vingt-deux heures. Iris remarqua que le camion ne stationnait plus dans la petite rue située derrière l'édifice. Évidemment, ils ne distinguèrent aucune trace de Neil.

– Viens ! chuchota Rigel, à l'intention d'Iris. On va passer par l'entrée du cloître. Terence m'a confié qu'elle n'est jamais fermée pour laisser entrer Gertrud, son aide-ménagère.

Il s'arrêta net une fois devant la porte.

– Je crois que j'ai oublié de te donner ta matraque…

Rigel ouvrit son sac à dos et tendit une arme à Iris.

– C'est impeccable pour les monstres de pierre, expliqua-t-il. C'est bien lourd, bien puissant, ça les fait voler en éclat… Ces créatures-là se fichent bien des balles de revolver, des flèches et autres projectiles. Ça ne fait que les érafler… Tandis qu'un gros coup de matraque bien placé, et c'est tout l'édifice qui s'écroule !

Il avait continué son discours en prenant pour exemple un film indien récent qui reprenait une telle technique, mais Iris avait vite décroché.

Rigel entra en poussant la porte avec précaution.

– Je pense que la stryge garde Neil au sommet de l'église… Viens, prenons l'escalier ! Je passe devant pour te protéger en cas d'attaque, mais reste tout de même sur tes gardes…

Iris approuva. Mais le projectionniste voyait-il juste avec sa stryge ? Allaient-ils retrouver Neil sain et sauf au sommet de l'église ? Iris voulait y croire…

Rigel et elle montèrent donc les premières marches de l'escalier à la seule lueur des ouvertures de pierre ménagées dans la façade.

– Selon toi, l'existence d'une stryge vivante est tout à fait possible ? demanda Iris, aussi peu convaincue qu'à l'ordinaire, lorsque Rigel évoquait des créatures surnaturelles.

Rigel approuva.

– Sinon comment expliques-tu la disparition de Neil ? Les chimères sur le fronton du Mandrake's College ont été créées sur le modèle de celles de Notre-Dame de Paris, que je connais par cœur. La stryge, notamment, a été beaucoup photographiée. Ça ne m'étonnerait pas que toutes ces ondes soient responsables de l'animation de ces créatures de pierres !

Il s'immobilisa et arrêta Iris d'un geste. Il avait cru entendre un bruit, au-dessus de lui.

– Nous serons vite fixés, conclut le projectionniste. Dans quelques minutes tout au plus…

Ils montèrent plus de deux cents marches pour atteindre le sommet de la tour. Ils n'entendirent aucun bruit, aucun piaillement, ni aucun raclement de pierre. Rien. Seulement le vent qui s'engouffrait par les interstices dans les murs et sifflait parfois à leurs oreilles.

– Pas de stryge vivante ici… commenta alors Iris. Pas d'autres chimères… Elles sont restées bien sagement sur la façade…

– Neil est forcément quelque part ! protesta Rigel, qui tenait toujours sa matraque devant lui, prêt à frapper.

Il régnait une obscurité d'encre tout en haut de la tour. La jeune fille en frissonna.

Enfin, Rigel dut se rendre à l'évidence. Pas de Neil ici, pas de stryge non plus.

Seul le silence régnait.

Iris n'avait plus qu'à rentrer au collège, le cœur bien lourd et morte d'inquiétude. Loin d'avoir réussi son enquête, les différents mystères s'épaississaient tout autour d'elle… Mais pire que tout, elle avait perdu son partenaire…

CHAPITRE 14

Une vraie surprise

Les cours reprirent donc le jeudi matin.

Iris n'avait pas fermé l'œil de la nuit. Son esprit était trop occupé par tous les événements de la veille, et elle voyait, comme derrière un voile, passer les silhouettes de Marcus, d'Elwynn et de Neil dans sa chambre…

Au repas de midi, Iris nota que la cafétéria n'était pas aussi remplie que d'habitude. Une dizaine de tables restaient inoccupées. Thomas était toujours introuvable, et Iris se demanda si Mr Golgoth ne le gardait pas enfermé dans son bureau, ou pire, dans une geôle de la cave du collège, pour l'empêcher de révéler à tous qu'il avait vu le corps de Marcus, le soir de sa disparition. Elle demanda à son voisin de table s'il avait croisé Thomas. Mais celui-ci lui assura que non.

– Il est sûrement parti avec les autres, dit-il, entre deux cuillerées d'un porridge épais. Hier après-midi, c'était la grosse fuite ! Aysgarth et Golgoth ont tenté de la colmater, mais tu parles ! Trente élèves ont quitté le collège avec leurs parents. Et moi, j'attends les miens pour ce soir… La journée va être longue…

Iris partageait la même envie, celle de s'en aller, de rejoindre Rigel dans le village pour partir à la recherche de Neil. Mais depuis son retour tardif de la veille, elle se savait surveillée.

Elle se répétait dans sa tête : « Oh, et puis ça ferait quoi si je fuguais ?

Ils appelleraient Alcide à Paris ? Et alors ? Il saurait que je suis en sécurité avec Rigel, ou sur une piste avec lui… »

Elle se doutait qu'elle trouverait plus facilement la solution aux événements étranges du collège – les livres volants de la bibliothèque, le bazar intégral dans la cuisine, la terreur qui s'était emparé de Marcus jusqu'à presque le faire mourir de peur, la disparition d'Elwynn –, à l'extérieur qu'à l'intérieur de l'établissement. Car les élèves du Mandrake's, et le bâtiment lui-même, étaient les victimes et non les coupables !

Iris se retira quelques instants dans sa chambre, avant la reprise des cours de l'après-midi.

Alors ? Partir ou rester ? « Si je pars, il me faut trouver une porte dérobée, une sortie discrète… »

On frappa à la porte. Un coup, puis un autre, puis une série de coups rapprochés.

Alors ? Basile, Golgoth, Aysgarth en personne pour un nouveau sermon ?

Iris ouvrit la porte en soupirant.

– Vite ! Cache-moi !

C'était Neil ! Neil, en chair et en os ! Elle le prit dans ses bras et repoussa la porte du pied.

Le jeune garçon se laissa tomber sur le lit d'Iris.

– Je n'en peux plus ! Je suis crevé ! J'ai couru comme un malade… des kilomètres… Tu as un verre d'eau ?

Elle le lui apporta.

– Raconte-moi ! le pressa-t-elle.

Neil but le verre d'un trait.

– Bah, je ne me souviens plus de grand-chose, en fait… J'ai basculé en arrière, je suis tombé, et puis on m'a appliqué un mouchoir sur le nez, un truc qui sentait la réglisse, et je suis tombé dans les vapes…

– Donc, tu as bien été enlevé… Et par un être humain…

– Ben oui, tu croyais que j'avais été enlevé par la manticore ?

– Pas moi : Rigel ! Il croyait que tu avais été enlevé par une stryge… Mais continue…

– Sacré Rigel ! commenta Neil en riant. Bon, alors ensuite je me suis réveillé dans une sorte de cave. Je ne sais pas quelle heure il était. On m'avait pris mon téléphone, et il n'y avait pas de fenêtre… Personne n'était là pour me surveiller. La porte était fermée à clé, mais le chambranle en bois était pourri et grouillait de vers. J'ai donné un grand coup de pied dedans, et j'ai pu sortir…

– Et alors ? Tu étais où ?

– Je n'en sais encore rien, figure-toi ! Il y avait des tunnels, un tas de tunnels qui partaient dans tous les sens ! Parfois éclairés avec des ampoules, parfois non. Et aucun panneau indicateur, tu penses bien ! Je me suis dit que ça devait être un réseau de souterrains druidiques comme il en existe pas mal en Angleterre... Je vois bien le truc partir de l'église et s'étendre sous toute la ville, et même un bout de campagne aux alentours... Avec une sortie sous des dolmens ou près de menhir de la région...

– Et puis une sortie au Mandrake's College, si je te suis bien !

Neil leva son pouce.

– Tu as tout compris ! J'ai eu une chance folle. J'ai couru jusqu'à ce qu'un escalier en terre battue se dresse devant moi. Il m'a conduit dans une remise au sous-sol, près de la cuisine... Je me suis dépoussiéré, et j'ai rasé les murs pour venir te voir dans ta chambre... Heureusement que tu m'avais donné le numéro !

Iris se jeta à nouveau dans les bras du garçon.

– Je suis si heureuse de te savoir ici !

– En tout cas, si on a voulu m'enlever hier soir, continua Neil, c'est qu'on a découvert un élément important avec ce camion qui fait la liaison entre le train fantôme et l'église de Brixham…

Iris approuva. Oui, c'était possible. Et elle reprit :

– Bon, et maintenant, avec ta découverte des souterrains, on ne va pas rester là les bras ballants. Je sens que nous allons bientôt mettre un point final à tous ces mystères. En route !

Elle qui voulait s'enfuir pour retrouver Neil… C'est Neil qui était venu à elle pour l'aider à s'enfuir ! La vie est étonnante, parfois !

CHAPITRE 15

Voyage au centre de Brixham

Iris et Neil descendirent jusqu'à l'entrée du souterrain, près des cuisines, sans se faire remarquer par aucun des surveillants. Ils ne croisèrent ni Basile ni Golgoth, les deux plus dangereux.

Une chance !

Ils franchirent la porte et la refermèrent délicatement.

Iris avait pensé à prendre avec elle un sac à dos contenant plusieurs feuilles de papier ainsi qu'une boîte de crayons de couleur, sans oublier l'outil indispensable pour explorer ces longs souterrains : une lampe de poche !

Elle était pleine de détermination, et avait hâte de visiter ce réseau souterrain qui allait, selon elle, leur permettre de trouver la solution à ce qui ne tournait pas rond dans cette ville de Brixham !

Au pied de l'escalier de terre battue, trois tunnels de taille égale s'offraient à eux.

– Bon, tu te souviens de celui par lequel tu es arrivé ? demanda Iris.

Neil secoua la tête.

– Difficile à dire… Celui du milieu, je crois, mais je n'en suis pas certain à cent pour cent.

Ils s'engagèrent donc dans celui du milieu. Et ils marchèrent, encore et encore. Il flottait une odeur de moisi et de terre humide dans les souterrains. Parfois, des gouttes d'une eau verdâtre leur tombaient dessus. Ils remarquèrent aussi la présence de petits et de gros champignons, sur le sol, à des carrefours, ou le long des conduits.

Iris notait soigneusement chaque carrefour sur une feuille de papier et dessinait aussi une croix au crayon noir sur une pierre, afin de marquer leur passage, à tel ou tel endroit.

Car un carrefour ressemblait quasiment toujours à un autre.

Et puis, au bout d'un quart d'heure, ils tombèrent sur un escalier qui ressemblait trait pour trait à celui menant aux cuisines du Mandrake's College.

– On est revenu au point de départ ! pesta Neil.

– Non, impossible ! J'avais mis une croix sur le premier escalier… Et ce n'est pas ce que nous dit le plan… Viens, montons !

Ils s'engagèrent donc et découvrirent une trappe de bois un peu plus haut, que Neil ouvrit d'un coup d'épaule.

Après s'être hissés à la surface, les deux aventuriers de l'étrange se retrouvèrent dans ce qui semblait être une remise, une vieille cabane en brique contenant des tas de bûches et de brindilles. Impossible d'ouvrir la porte cadenassée. Ils regardèrent alors à tour de rôle par la fenêtre sale.

Devant eux, un champ s'étendait à perte de vue.

Neil hocha la tête.

– C'est bien ce que je pensais, le réseau est immense… Là, on est sorti de Brixham, on est carrément dans la campagne qui entoure la ville… Viens, on y retourne !

Ils redescendirent par la trappe et s'enfoncèrent sous terre, dans les tunnels. Ce passage à la surface avait fait du bien à leurs narines agressées par la puissante odeur de renfermé des souterrains.

Iris dessina la trappe sur le papier.

Puis ils continuèrent leur exploration en marchant une demi-heure, qui leur parut une éternité. Ils s'arrêtèrent d'un coup, car la terre venait de trembler au-dessus d'eux.

– Ah non, hein ! s'exclama Neil. Pas de tremblement de terre… Ça me rappelle trop Hydrax, Hercule, et notre dernière aventure…

Iris leva le faisceau de sa lampe de poche vers le plafond du souterrain qui s'effritait un peu.

– Je crois deviner où on se trouve, dit-elle.

– Où ça ?

– Concentre-toi, dit Iris. Ecoute… Tu n'entends vraiment rien ?

Neil se concentra, et il entendit alors des cris et des rires étouffés, au loin, très loin.

– La fête foraine ! s'écria-t-il.

Ils avancèrent, et un autre escalier se dessina devant eux.

– Oui, tu avais raison, le réseau est immense… Et je me dis que cela pourrait expliquer bien des choses… Comme, par exemple, ce qui est arrivé dans la bibliothèque et la cuisine du Mandrake's College… Les fantômes responsables de ces désordres sont plus humains qu'on veut bien le penser…

Neil hocha la tête. Il n'en avait jamais douté.

– Et si on essayait de retrouver l'endroit où j'étais détenu ? proposa-t-il. L'entrée des souterrains près de l'église ?

Iris approuva. Ils rebroussèrent chemin. Soudain, la lampe de poche de la jeune fille se mit à clignoter.

– Oh, non ! s'écria-t-elle.

– Piles à plat ! souffla Neil. On va devoir continuer dans le noir, comme moi tout à l'heure… Tu peux dire adieu à ton plan… Génial !

– Je n'avais pas de piles de rechange, s'excusa Iris.

La lampe se mit à clignoter de plus en plus faiblement, puis elle s'éteignit définitivement.

Ils continuèrent donc, dans le noir, leurs mains effleurant les parois pour suivre le chemin.

– Quelle poisse ! commenta Neil.

Ils marchèrent encore une centaine de mètres avant d'entendre un bruit de cavalcade, devant eux. Ils n'étaient pas seuls, là, en bas !

Les pas venaient vers eux. Et un rai de lumière balayait les parois du tunnel.

Neil et Iris restèrent pétrifiés. Ils se rapprochèrent l'un de l'autre.

Les pas se faisaient plus rapides et s'approchaient encore.

Tout à coup le faisceau de la lampe aveugla Iris et Neil.

– Qui va là ? tonna aussitôt une voix.

CHAPITRE 16

Un plan qui tombe à pic

La voix ! Cette voix ! Mais c'était Rigel ! Une fois de plus, le projectionniste du Bistritz, tombait à pic !

– Ah ! Vous ! s'exclama-t-il. Vous ! Vous deux ! Ensemble ! Ici ! Mais comment…

Iris et Neil lui expliquèrent leurs incroyables retrouvailles. Et Neil raconta en quelques phrases ce qui lui était arrivé depuis son enlèvement.

– J'ai bien peur que Terence, mon ami, ne soit pas aussi « clean » qu'il en a l'air… commenta Rigel, soucieux.

Il farfouilla dans son sac à dos, sortit plusieurs matraques et autres instruments contondants avant de mettre la main sur une seconde lampe de poche qu'il tendit à Iris.

– Voilà, vous êtes équipés à présent !

– Mais comment as-tu découvert le réseau de souterrains ? demanda Iris.

– Le hasard, figure-toi ! répondit le projectionniste. J'étais descendu dans la cave de Miss Poppies, car la pauvre femme était à court de wasabi pour préparer la sauce du chirashi prévu pour le dîner… Bref… Je trifouillais sur une de ses étagères lorsqu'un pot de wasabi est tombé sur le sol et a roulé vers une trappe située dans un coin de la cave, à moitié cachée sous un vieux coffre. Bref… J'ouvre la trappe, et je me retrouve dans un souterrain. Vous pensez bien que Rigel

n'allait pas faire comme s'il n'avait rien vu ! Tant pis pour le chirashi, même si Miss Poppies a une manière unique d'inciser la chair crue de thon, bref... Je suis remonté emprunter à notre logeuse deux lampes de poche ainsi que du papier et des crayons, et voilà quatre heures que je traîne sous la terre...

Iris sortit de son sac à dos les feuilles qu'elle avait noircies depuis le début de leur exploration. Un véritable plan de la partie des souterrains que Neil et elle avaient arpentée.

– Peut-être qu'à nous deux... dit-elle.

Rigel et elle disposèrent les feuilles les unes à côté des autres, comme dans un puzzle. Ce fut Neil qui s'aperçut en premier que tout collait, et que le travail des trois aventuriers de l'étrange permettait d'obtenir le plan quasi complet des souterrains de Brixham !

– C'est génial ! s'enthousiasma Iris.

– Oui, tout apparaît clairement noir sur blanc, approuva Rigel. Là, l'entrée du collège. Ici, la fête foraine, puis les champs… Et, sur ma carte, le village avec le cottage de Miss Poppies et, bien évidemment, l'église de Brixham, ou plutôt sa crypte, dont j'ai trouvé l'entrée non loin du cottage !

– Et tu n'as pas cherché à y pénétrer ? demanda Neil.

Rigel secoua la tête.

– Non ! Je me suis retrouvé devant la porte… Une porte épaisse, tout en bois, avec l'inscription « *Crypt* » gravée dessus. C'est d'ailleurs la seule indication que j'ai vue dans tout le réseau de souterrains au cours de mon exploration. Mais je ne suis pas entré. Pourtant, la porte était ouverte.

Il marqua une pause afin de bien formuler la suite.

– Je me suis dit : il faut d'abord aller explorer un maximum de tunnels…

parce qu'après être entré dans la crypte, pas certain de pouvoir en ressortir, sait-on jamais… Je ne voulais pas me faire voir… Je voulais aussi vous attendre…

– C'est gentil, dit Neil.

– Délicate attention, ajouta Iris, avec un sourire.

– Mais maintenant que nous sommes à nouveau réunis, il me tarde de pousser la porte ! s'exclama Rigel.

Neil et Iris approuvèrent. D'autant qu'ils avaient un plan complet du réseau souterrain à présent et qu'il ne leur faudrait qu'une dizaine de minutes pour atteindre la partie située sous l'église... et atteindre ainsi la solution du mystère du Mandrake's College ?

– Venez ! Il est temps d'avoir une petite explication avec Terence ! décida Rigel en ouvrant la voie. Je crois qu'il joue un rôle dans toutes ces affaires. Et s'il faut lui voler dans les plumes, eh bien, je lui volerai dans les plumes !

Ils prirent donc la direction de la crypte. Et, cette fois, Rigel, était déterminé à y entrer !

CHAPITRE 17

La confrontation

– C'est ici, dit Rigel en s'essuyant le front.

Beaucoup d'eau lui était tombé dessus, dans un boyau très humide, et sa chemise et son pantalon étaient trempés.

– Ne vous inquiétez pas, j'en ai vu d'autres ! commenta-t-il.

Mais Iris et Neil ne s'inquiétaient absolument pas. Ils avaient hâte de découvrir ce qui se cachait derrière cette porte en bois sur laquelle était gravé ce mot riche de promesses : « *Crypt* ».

Alors les trois aventuriers de l'étrange unirent leur force pour la pousser.

Ils ne rencontrèrent aucune résistance. La porte tourna sur ses gonds très facilement.

– Comme si on l'ouvrait et la refermait plusieurs fois par jour, souffla Iris.

– Ce qui pourrait paraître bizarre, compléta Neil.

Ils s'attendaient à obtenir très vite les réponses à leurs questions.

Ils avancèrent.

Ce qui les frappa en premier lieu, ce fut la hauteur sous plafond, immense ! La pièce semblait très vaste. Elle était presque entièrement plongée dans l'obscurité, et il était difficile, à première vue, d'en distinguer le fond ou l'aménagement intérieur.

Si les trois compagnons ne voyaient pas grand-chose, ils entendirent en revanche parfaitement le cri de bête, comme un rugissement, qui emplit la crypte tout entière en se répercutant contre les murs.

Rigel sortit aussitôt la matraque de son sac.

– Reculez ! ordonna-t-il. C'est la stryge ! Reculez !

Le cri cessa et, à sa place, ils entendirent des rires aigus, comme des rires d'enfant, et ils virent de petites ombres courir partout dans la crypte.

– Lumière ! osa Rigel.

Et les rires redoublèrent. Iris et le projectionniste avaient beau tenter de balayer la pièce avec le faisceau de leurs lampes de poche, rien n'y faisait. La lumière ne perçait pas les ténèbres.

– Lumière ! cria Neil à son tour.

Ils entendirent les rires se rapprocher, et des mouvements tout autour d'eux. Enfin, les rires cessèrent, et des voix se mirent à chanter :

What do you wanna be for Halloween?
I don't know.
I wanna be scary.
I wanna be scary.
Halloween night is coming soon.
I wanna be scary.
Should I be a mummy?
Should I be a ghost?
Should I be a fairy?
Hey that's not scary!
Yeah, I guess you're right.[1]

Qui pouvaient bien chanter ainsi ? Les voix ne ressemblaient pas vraiment à des voix d'enfants, à vrai dire. Iris vit une ombre passer devant elle. L'ombre devint silhouette, et elle vit alors distinctement qu'il s'agissait d'un… squelette qui venait de la frôler.

Enfin, d'un petit homme qui portait un déguisement de squelette.

Alors Iris eut une révélation. Oui, c'était bientôt Halloween. C'était d'ailleurs pour cette raison que la fête foraine avait élu domicile à Brixham ! Et qui avaient-ils croisé à la fête lors de leur visite ? Les nains du cirque qui nourrissaient le lion dans la ménagerie : les nains déguisés en squelettes !

Et elle tenta alors de compléter les cases manquantes de tous les mystères du Mandrake's College.

---

1. Que veux-tu être pour Halloween ? / Je ne sais pas. / Je veux faire peur. / Je veux faire peur. / C'est bientôt le soir d'Halloween. / Je veux faire peur. / Devrais-je me déguiser en momie ? / En fantôme ? / En fée ? / Ça ne fait pas peur ! / Oui, je crois que tu as raison.

Le cerveau de la collégienne turbinait à toute allure.

Les livres volants à la bibliothèque ? C'était les nains du cirque. Ils avaient dû s'introduire au Mandrake's College par le souterrain, et ils s'étaient amusés à rendre folle la bibliothécaire en faisant tomber les livres et en les lançant en l'air, cachés derrière les rayonnages. Leur petite taille leur permettait facilement de se glisser n'importe où sans se faire voir !

Pour la cuisine, même scénario ! Les acrobates s'étaient cachés dans les placards et avaient tambouriné sur les casseroles, jetés les ustensiles partout pour effrayer le cuisinier. Puis ils étaient repartis comme ils étaient venus, par le souterrain situé non loin de la cuisine.

Et si Marcus et Elwynn étaient presque morts de peur, c'est qu'ils devaient avoir vu la manticore ! Pas une vraie manticore, non, ça, il n'y avait que Rigel pour le croire. Plutôt le lion du cirque déguisé en manticore ! Une manticore, c'était une créature avec un corps de lion, une tête d'homme et une queue de scorpion. Il suffisait de coller une fausse queue de scorpion géante sur l'animal, et de lui faire porter un masque représentant un visage plus vrai que nature pour le transformer ! Iris et Neil en avaient fait l'expérience, la veille, dans le train fantôme.

Quant aux traces vertes retrouvées dans la chambre de Marcus, Iris en déduit qu'il s'agissait sûrement d'un mélange de terre battue provenant des souterrains, de la bave de l'animal, et peut-être même de la colle qui servait à fixer le déguisement !

Tout se tenait ! Et Iris n'était pas peu fière de son raisonnement.

Elle allait pouvoir faire part de ses conclusions à Neil et à Rigel, puisque les nains venaient de terminer leur chant.

Mais elle n'en eut pas le temps.

La lumière s'alluma d'un coup.

– Terence ! hurla Rigel. Terence ! C'est donc toi qui es derrière tout ça !

La petite voix fluette du révérend lui répondit :

– Oui, c'est bien moi, Rigel ! Je vois que tu n'as rien perdu de ton intelligence.

CHAPITRE 18

C'était donc lui !

Le révérend se trouvait là, devant le lion en cage qui avait rugi lors de l'entrée des aventuriers dans la crypte. Iris sut alors qu'elle avait raison sur toute la ligne.

Rigel avait baissé sa matraque. Il ne souhaitait pas menacer son ancien camarade avec une arme. Il se fraya un chemin entre les nains acrobates, qui les entouraient toujours, et se dirigea vers Terence, les poings serrés.

– C'est donc toi qui es derrière tout ça ? demanda-t-il entre ses dents.

Mais pourquoi ? Tu vas nous expliquer… Pourquoi ?

– Je vais tout t'expliquer, Rigel, répondit Terence. Mais avant de connaître le pourquoi, ne veux-tu pas savoir comment ?

Iris fit plusieurs pas dans leur direction.

– Sur ce point, j'ai ma petite idée sur la question…

Elle expliqua alors tout ce qui lui était passé par la tête quelques instants auparavant. À chacune de ses déductions, le révérend hochait paisiblement la tête, comme l'aurait fait un professeur devant un élève en train de résoudre une équation complexe.

À la fin de l'exposé, Rigel applaudit.

– Je t'avais prévenu, Terence ! Ce sont des surdoués !

Neil s'approcha à son tour du petit groupe.

– Et si je peux ajouter une petite chose en passant…

Le révérend, comme au spectacle, s'assit sur les marches de la crypte pour écouter la suite.

– C'est à propos de mon enlèvement hier soir. Je suis persuadé que c'est vous qui en êtes l'auteur. Vous nous avez vus, Iris et moi, en train d'observer le camion, et vous ne vouliez pas que l'on informe Rigel du transfert du lion de la fête foraine jusqu'à la crypte. Vous ne vouliez pas vous faire remarquer, mais vous ne pouviez pas passer par les souterrains – c'est trop dangereux : les tunnels sont trop étroits, la terre trop friable, en dessous de la fête foraine. Entre ici et le Mandrake's College, en revanche, les couloirs sont larges et solides. L'idéal, pour y conduire le lion déguisé en manticore, et hanter les couloirs de l'école !

Une fois encore, le révérend ne put que confirmer cette déduction.

– Oui, avoua-t-il, j'ai organisé tout cela pour semer le trouble au Mandrake's College, afin que cet établissement de malheur ferme enfin ! Évidemment, toi, Rigel, tu n'y as passé que deux semaines de ton existence, mais, moi, j'ai dû supporter son enseignement rigoriste pendant quatre longues années, les colères des professeurs et des surveillants, les humiliations que nous infligeait le directeur de l'époque ! Tu as entendu, Rigel, lorsque tu as fait le tour du village. Tu sais en quelle piètre estime les habitants de Brixham tiennent le Mandrake's College. Je n'invente rien, je ne te mens pas. Après la mort du bon professeur Mandrake, l'établissement a été repris par un de ses neveux qui a abandonné les préceptes d'excellences de Mandrake en termes de pédagogie pour installer dans l'établissement une discipline de fer. Halloween approchait, et j'ai eu l'idée de monter tout ce stratagème avec les acrobates du cirque et leur lion. Ce qui s'est passé dans la bibliothèque, dans la cuisine, la manticore, tout s'est déroulé comme vous l'avez dit ! Le train fantôme appartient à la famille de mes amis artistes de cirque.

À cet instant, les quatre nains firent une révérence.

– On repérait les élèves du Mandrake's College qui semblaient les plus effrayés par la manticore, puis on allait leur rendre visite la nuit suivante. Ce fut le cas pour Marcus et Elwynn, que Mrs Aysgarth s'est empressé de faire évacuer pour ne pas que les autres élèves s'inquiètent de ce qui avait failli les faire mourir de peur. Et il y en aurait eu d'autres, si vous ne vous en étiez pas mêlés…

– Tu cherchais donc à faire fermer le Mandrake's College ? demanda Rigel, sur un ton de reproche.

– Oui, qu'il se vide de ses élèves et de ses professeurs ! Qu'il ferme ses portes définitivement ! Pour que d'autres élèves ne subissent pas ce que j'ai subi en mon temps !

Iris l'arrêta alors.

– Mais je n'ai pourtant pas eu l'impression qu'il y régnait une discipline de fer !

– En façade, ma jeune amie… Pour les externes comme vous, les étrangers, ah, ça, oui, Aysgarth, Basile et toute leur clique savent y mettre les formes…

Mais la vie des internes est toujours aussi éprouvante… D'ailleurs, j'étais en train de réussir, plus de vingt élèves ont quitté l'établissement hier… Et l'hémorragie aurait continué de plus belle aujourd'hui : je m'apprêtais à renvoyer mes amis les nains et la manticore dans les couloirs du College dès ce soir… Et il a fallu que tu débarques, toi, avec tes deux génies ! J'ai bien essayé de vous empêcher d'aller plus loin en capturant le garçon, mais ça n'aura servi à rien… Et je n'allais pas vous faire dévorer par la manticore, tout de même !

Le révérend était en plein délire. L'émotion lui faisait-elle perdre la tête ?

Rigel s'approcha de lui et le prit par les épaules.

– Terence, ressaisis-toi ! Il faut que tu arrêtes tout de

suite tes manigances ! Rends ce lion au cirque et demande à tes amis acrobates de retourner sous leur chapiteau *illico presto,* au lieu de jouer de vilains tours. Les pauvres élèves que tu pièges n'ont pas mérité cela ! Si tu fais exactement ce que je te dis, je te promets que tout ceci restera entre nous…

– C'est vrai ? demanda l'homme, les yeux baignés de larmes. C'est donc vrai ? Vous ne direz rien à la direction du College ? Rien à la police ?

Rigel échangea un regard avec Neil et Iris qui lui signifièrent leur accord.

– Rien ! Muets comme des tombes un soir d'Halloween…

Terence, toujours assis sur les marches de la crypte, prit sa tête dans ses mains… Il était évident que le Mandrake's College et ses professeurs avaient laissé dans l'esprit du pauvre homme des plaies difficiles à cicatriser. Rigel, Neil et Iris ne pouvaient se résoudre à le laisser seul.

– Veux-tu nous accompagner et manger un morceau avec nous ? proposa Rigel. Il faut penser à te changer les idées, notre amitié retrouvée doit effacer toute cette rancœur que tu portais en toi…

Terence sourit enfin aux trois aventuriers de l'étrange. Il était d'accord !

Et quelques heures plus tard, après avoir dîné tous ensemble à la table de Miss Poppies, partageant de divins okonomiyakis ainsi qu'une véritable shabu-shabu, Iris, Neil et Rigel reprirent enfin la route du continent, après avoir fait leurs adieux à Terence et à Miss Poppies…

CHAPITRE 19

Retour à Paris

Alcide et Mina restèrent bouche bée en entendant le récit des aventuriers de l'étrange.

– Un révérend ?! manqua s'étouffer Mina. Un homme d'église capable de tels enfantillages ? Ah, mes petits, le monde ne tourne plus tout à fait rond de nos jours… Certains semblent avoir le cerveau secoué !

Alcide haletait presque. Il avait l'air plus fatigué qu'Iris, Neil et Rigel !

– En tous les cas, félicitations, une fois encore ! dit Alcide. Vous êtes de vrais chasseurs de mystère. Iris, tu n'as pas grand-chose à envier à ton père !

Cela fit rougir la collégienne.

– Ah, et au fait, continua-t-il, en tendant une enveloppe à Neil. Penelope, ta maman, t'a de nouveau écrit…

Neil fronça les sourcils. Deux lettres en une semaine ? Sa mère serait-elle victime d'une graphomanie aiguë ?

Il ouvrit l'enveloppe et trouva à l'intérieur la photocopie en couleur d'une page d'un des livres qu'il aimait tant feuilleter lorsqu'il avait sept ou huit ans. Un livre traitant des sept merveilles du monde. Il s'agissait là de la page consacrée à la statue de Zeus, à Olympie.

Et, aussitôt, Neil comprit le rapport entre cette photo et le collège anglais.

Cette statue immense du fondateur, Mr Mandrake, érigée devant le collège peut faire penser à la statue de Zeus, exécuté par le grand sculpteur Phidias.

Au dos, sa mère avait inscrit « *Your first bizarre wonder, my love*[1] ».

Cela n'étonna pas le jeune garçon. Après tout, sa mère était architecte, et elle avait toujours été sensible aux lieux et aux constructions étranges.

Neil se précipita alors dans sa chambre pour appeler Penelope et lui raconter, qu'en effet, il était venu à bout, avec Iris, de sa première merveille de l'étrange !

Il restait une semaine entière de vacances. Iris pouvait bien veiller jusqu'au beau milieu de la nuit pour terminer le récit de leur enquête en Angleterre.

---

1. *Ta première merveille de l'étrange, mon chéri.*

Elle noircit une vingtaine de pages quadrillées, et, à la fin, en annexe, elle plia le plan des souterrains qui était plus épais encore que son récit. Elle y ajouta en seconde annexe quelques articles à propos des incidents survenus dans la bibliothèque et la cuisine du Mandrake's College, ainsi qu'un article du journal régional du Devon qui évoquait « l'accident » de Marcus.

Le dossier était complet à présent. Elle n'allait pas y ajouter les documents envoyés par la mère de Neil, car ce dernier souhaitait les conserver dans sa chambre, ce qu'elle comprenait tout à fait.

Alors Iris se rendit dans la Crypte des Mystères, cet endroit que son père avait gardé secret jusqu'à sa disparition et dont il existait deux accès, un par le sous-sol de la librairie, et l'autre par le sous-sol du cinéma.

Là, elle chercha sur les rayonnages la lettre « M ». Toutes les étiquettes avaient été écrites par son père. Iris se dit, au moment de ranger ce troisième dossier, que son père aurait été encore aussi fier d'elle que pour les deux précédents.

Alors elle rangea le nouveau dossier qu'elle venait de refermer entre deux autres. Et sur le dos du classeur, elle inscrivit, avec son écriture :

Le mystère
du Mandrake's College

Le mystère du Mandrake's College

La manticore…

ARCHIVÉ !

La statue chryséléphantine de Zeus

La statue chryséléphantine de Zeus à Olympie

La ville d'Olympie, qui accueillait dans l'antiquité les Jeux olympiques, était placée sous la protection du dieu des dieux, le respecté et puissant Zeus. Pour lui rendre hommage, on demanda à Phidias, le plus talentueux sculpteur grec, de dessiner, de concevoir et de construire une statue gigantesque du dieu, qui prendrait place au centre du temple de la ville. C'était en 436 avant Jésus-Christ.

Faite en bois de cyprès et de thuya, la statue mesurait plus de treize mètres de haut, ce qui en faisait la plus haute de l'époque. Les parties visibles du corps étaient en ivoire pour évoquer la blancheur de la peau, tandis que la chevelure, la barbe et les vêtements du dieu étaient en or. Une couronne d'olivier, une statuette de Niké, la déesse de la Victoire dans une main, et un sceptre couronné d'un aigle dans l'autre, étaient eux en argent massif. C'est d'ailleurs pour cela que l'on nomme cette sculpture « la statue chryséléphantine de Zeus » – de chrysos, or, et elephantinos, ivoire, en grec.

Sa majesté, ses proportions parfaites et ses finitions exemplaires l'ont immédiatement désignée comme l'une des sept merveilles architecturales du monde antique.

Mais il ne reste, hélas, aucune trace de la sculpture de nos jours à Olympie. Elle a brûlé en 475 de notre ère, et c'est principalement grâce à sa représentation sur des pièces de monnaie antiques et à l'analyse des vestiges de l'atelier du sculpteur Phidias dans la cité que les archéologues sont parvenus à la reconstituer.

Sans pour autant parvenir à percer tous les mystères de cette statue mythique...

As-tu lu les premières aventures d'Iris et de Neil ?

TOME 1

Le mystère du frelon de sable

TOME 2

Le mystère de la station fantôme

Si tu souhaites écrire à l'auteur du livre,
n'hésite pas !

Bertrandpuard.auteur@gmail.com

TABLE

PAPIER À BASE DE FIBRES CERTIFIÉES

hachette s'engage pour l'environnement en réduisant l'empreinte carbone de ses livres. Celle de cet exemplaire est de : 750 g éq. CO_2
Rendez-vous sur www.hachette-durable.fr

Photogravure Nord Compo - Villeneuve-d'Ascq

Imprimé en Roumanie par G. Canale & C. S.A.
Dépôt légal : avril 2018
Achevé d'imprimer : août 2018
89.5771.6/04 – ISBN 978-2-01-702094-3
Loi n° 49956 du 16 juillet 1949
sur les publications destinées à la jeunesse